STAR WARS™

UN NOUVEL ESPOIR

Novélisation : Catherine Kalengula.
Illustrations : Brian Rood.
Conception graphique du roman : Audrey Thierry.
Mise en pages : Valérie Gibert et Philippe Sedletzki.

Hachette Livre, 58 rue Jean-Bleuzen, 92178 Vanves cedex.

STAR WARS™

UN NOUVEL ESPOIR

hachette
JEUNESSE

LES PERSONNAGES

LUKE SKYWALKER

Luke est un jeune fermier qui vit sur la planète Tatooine avec son oncle Owen et sa tante Beru. Il rêve de devenir pilote et de partir à l'aventure.

OBI-WAN KENOBI

Beaucoup pensent que Ben Kenobi est un vieil ermite fou. C'est en réalité un grand chevalier Jedi !

PRINCESSE LEIA ORGANA

La courageuse Leia Organa d'Alderaan se bat contre l'Empire en transmettant des messages secrets aux rebelles.

DARK VADOR

Dark Vador est un puissant seigneur Sith. Son armure noire et sa respiration sonore sont terrifiantes...

C-3PO ET R2-D2

C-3PO, le droïde doré, et l'astromécano R2-D2 sont devenus amis. Ils aident Luke à combattre l'Empire !

HAN SOLO ET CHEWBACCA

Han est le capitaine du *Faucon Millenium*. Le Wookie Chewbacca l'accompagne dans tous ses voyages !

CHAPITRE 1

Les plans

IL Y A BIEN LONGTEMPS, DANS UNE GALAXIE LOINTAINE, TRÈS LOINTAINE....

La guerre des clones est terminée. L'Ordre Jedi a presque disparu, et la République a été remplacée par l'Empire Galactique. Malgré sa victoire, son chef, l'Empereur Palpatine, veut toujours plus de pouvoir. Il a fait construire une arme secrète capable de détruire une planète entière. Elle s'appelle l'Étoile de la Mort

Par chance, des espions rebelles ont réussi à en voler les plans ! Ceux-ci sont désormais entre les mains de la princesse Leia Organa.

Et l'Empereur est bien décidé à les récupérer !

Le vaisseau de Leia s'approche de Tatooine… Mais il est mitraillé par un immense destroyer stellaire impérial ! Un des tirs paralyse l'appareil.

À l'intérieur, C-3PO le droïde doré et son équipier, l'astromécano R2-D2, sont très inquiets.

— Tu as entendu ? demande C-3PO à son ami. Ils ont coupé le moteur central. Nous allons être pulvérisés ! C'est de la folie pure !

Soudain, des étincelles jaillissent autour de la porte d'entrée, qui explose. Des soldats impériaux en armure blanche, les stormtroopers, pénètrent dans le vaisseau, leurs fusils blaster à la main. Aussitôt après, une impressionnante silhouette noire apparaît… C'est Dark Vador, le seigneur Sith !

R2-D2 se dépêche d'aller prévenir la princesse Leia. Celle-ci insère alors une carte dans le lecteur situé sous l'œil du droïde. Puis, l'astromécano et C-3PO se dépêchent d'embarquer à l'intérieur d'une capsule de sauvetage, pour prendre la fuite… Quelques instants plus tard, la princesse est capturée. Des stormtroopers la conduisent jusqu'à Dark Vador.

— Nous avons capté des messages venant des rebelles, déclare le seigneur

Sith. Je veux savoir où sont les plans que vos amis vous ont remis.

— Je ne vois vraiment pas de quoi vous parlez ! proteste Leia d'un air innocent. Je suis membre du Sénat impérial, en mission à Alderaan.

— Vous êtes liée aux rebelles, gronde Vador. Vous avez trahi l'Empire ! Qu'on l'emmène !

Un officier intervient.

— Seigneur Vador, une capsule de sauvetage a décollé pendant la bataille, mais il n'y avait pas d'êtres vivants à bord, explique-t-il.

— La princesse a dû y cacher les plans, en déduit Vador. Formez une patrouille pour récupérer cette capsule. Personne ne se mettra sur notre route !

CHAPITRE 2

Un mystérieux message

À bord de la capsule, R2-D2 et C-3PO ont réussi à s'enfuir, et ils ont atterri sur Tatooine. Les deux droïdes avancent avec difficulté dans les dunes de sable.

Soudain, l'astromécano émet un sifflement et tourne vers la droite.

— Mais où vas-tu comme ça ? lui demande C-3PO.

R2-D2 répond par une série de sons électroniques.

— Pas question que j'aille par-là. C'est trop rocailleux, ronchonne C-3PO.

Comme le droïde doré ne veut rien entendre, R2-D2 part seul de son côté. La princesse lui a confié une mission, et il est bien décidé à l'accomplir ! Mais tout à coup, une petite silhouette aux yeux brillants se met à tirer sur lui. C'est un Jawa, autrement dit un ferrailleur. Il est bientôt rejoint par ses amis.

Ensemble, ils emmènent l'astromécano à bord d'un véhicule…

R2-D2 y retrouve son équipier. C-3PO s'est fait capturer, lui aussi ! Au bout d'un moment, les Jawas s'arrêtent devant la ferme de Luke Skywalker. R2-D2, C-3PO, et d'autres droïdes descendent du char.

Luke et son oncle, Owen, souhaitent acheter deux robots. Owen choisit C-3PO, et Luke désigne un

astromécano rouge. Mais celui-ci explose subitement !

Owen se tourne alors vers un Jawa.

— Et ce droïde bleu, là, il marche ? demande-t-il en parlant de R2-D2. C'est celui-là que je veux.

C-3PO est soulagé. Son ami va rester avec lui !

— Oh, je suis sûr que monsieur sera très content de son choix, dit-il à Luke. Cet engin est de premier ordre. J'ai déjà fait équipe avec lui.

De retour chez lui, à la ferme, Luke s'agenouille devant R2-D2 pour le nettoyer.

— Salut ! lance-t-il à l'astromécano.

R2 répond par un *bip* poli.

Luke frotte la tête du droïde, quand un petit morceau s'en détache. Sans le faire exprès, il vient d'activer un hologramme en trois dimensions. C'est la princesse Leia !

— Au secours, Obi-Wan Kenobi ! supplie la jeune femme. Vous êtes mon seul espoir !

— Mais qui est-elle ? demande Luke, ébahi. Comme elle est belle !

— Que monsieur me pardonne, je n'en sais trop rien, ment C-3PO. R2 prétend que son maître est ce monsieur Obi-Wan Kenobi qui habiterait dans ce système astral. C'est à lui que le message est destiné.

Intrigué, Luke rejoint son oncle et sa tante dans la salle à manger.

— Je crois que R2-D2 pourrait bien avoir été volé, déclare-t-il.

Owen semble surpris.

— Tiens, pourquoi dis-tu ça ? interroge-t-il.

— Eh bien, j'ai capté un enregistrement pendant que je le nettoyais, précise Luke. R2 appartiendrait à un certain Obi-Wan Kenobi.

En entendant ce nom, Owen et Beru échangent un regard nerveux.

— Il y a peut-être un rapport entre lui et notre voisin, Ben Kenobi ? insiste le jeune homme.

— Ce vieux sorcier ? réplique son oncle. Il est timbré !

Luke reparle ensuite de son désir d'entrer à l'Académie Impériale, afin de devenir pilote. Mais son oncle refuse de le laisser partir…

CHAPITRE 3

R2-D2 s'est enfui !

Le lendemain matin, Luke découvre que R2-D2 s'est enfui. Avec C-3PO, il fonce à sa recherche, à bord de son landspeeder.

— Il y a un droïde sur l'écran ! s'exclame-t-il soudain. Droit devant ! C'est peut-être bien ton copain R2.

Le jeune homme et C-3PO retrouvent R2-D2, qui avance

lentement au fond d'un canyon. Tout à coup, l'astromécano pousse une série de sifflements.

— Il signale qu'il voit des créatures non identifiées venant du sud-est, traduit C-3PO.

— Des Hommes des sables ! s'écrie Luke. Ou pire encore !

Il escalade une falaise pour avoir une vue d'ensemble. Mais un Homme des sables l'assomme par surprise et

le capture. Puis, avec ses complices, ils fouillent le landspeeder de Luke. À cet instant, un long hurlement résonne. Les Hommes des sables effrayés déguerpissent sans demander leur reste !

Luke ne tarde pas à découvrir que c'est Ben qui les a fait fuir. Le vieil homme lui révèle alors qu'il est Obi-Wan Kenobi !

Il emmène Luke dans sa maison, et ils font connaissance.

— Autrefois, j'étais un chevalier Jedi, comme ton père, explique-t-il en sortant un objet brillant d'une malle. Ton père voulait que cela te revienne quand tu serais en âge de combattre, mais ton oncle s'y est toujours opposé.

— Qu'est-ce que c'est ? interroge Luke.

— Le sabre laser de ton père, répond Ben. C'était l'arme des chevaliers Jedi.

— Comment mon père est-il mort ? veut savoir le garçon.

— Un jeune Jedi nommé Dark Vador a rejoint l'ennemi, raconte Ben. Il a traqué et assassiné les chevaliers pour le compte de l'Empire.

Ton père, lui aussi, a été massacré de sa main.

Ensuite, Ben touche R2-D2. L'holoprojecteur du droïde s'allume.

— Général Kenobi, dit l'hologramme de la princesse Leia. Jadis, vous avez servi mon père pendant la Guerre des Clones. Il vous demande une fois de plus de l'aider à combattre l'Empire. Cette unité R2 contient des informations vitales pour la victoire de la Rébellion. Il faut que ce droïde lui soit livré sain et sauf sur Alderaan.

Ben regarde Luke.

— Tu dois apprendre à maîtriser la Force si tu veux m'accompagner là-bas, déclare-t-il.

Mais le jeune homme sait que son oncle et sa tante ont besoin de lui. Il propose alors à Obi-Wan de le conduire jusqu'à la station relais. De là, l'ancien Jedi pourra trouver un engin pour aller sur Alderaan…

CHAPITRE 4

À la recherche d'un pilote

Sur Tatooine, Luke, Ben et les deux droïdes foncent en direction du spatioport le plus proche. En chemin, ils tombent sur le char des Jawas, qui a été détruit par un tir.

Ben explique que seuls les stormtroopers de l'Empire peuvent tirer avec une telle précision. Une horrible pensée traverse l'esprit de Luke.

— S'ils ont retrouvé la trace des droïdes, alors ils savent qui les a achetés, et ça va les conduire directement… à la maison ! comprend-il, affolé.

Luke saute dans le landspeeder et démarre en trombe, direction la ferme. De la fumée s'élève au-dessus

du bâtiment. Sa tante et son oncle ont perdu la vie…

Plus rien ne retient désormais Luke sur Tatooine. De retour auprès de Ben, le jeune homme lui annonce qu'il va l'accompagner sur Alderaan…

Les nouveaux compagnons décident de se rendre au spatioport. Mais ils doivent d'abord franchir un barrage impérial. Cinq stormtroopers leur font signe de s'arrêter.

— Montrez-moi votre carte d'identité, ordonne le chef.

Ben utilise la Force pour manipuler l'esprit du soldat.

— Il est inutile de contrôler notre carte d'identité, affirme-t-il.

Le soldat se retourne aussitôt vers ses hommes, et leur répète ce que Ben vient de dire, comme si cet ordre venait de lui.

— Ce ne sont pas ces droïdes-là que vous recherchez, ajoute ensuite Ben.

Une nouvelle fois, le stormtrooper répète cette phrase.

Puis, d'un geste, il laisse le véhicule passer…

Luke et Ben s'arrêtent ensuite dans une cantina – un bar regroupant voleurs, pilotes et contrebandiers de toutes sortes. À l'intérieur, ils espèrent trouver quelqu'un qui acceptera de les conduire sur Alderaan. Mais à leur entrée, une créature non-humaine menace Luke. Puis un homme défiguré s'avance vers lui à son tour.

— Cet enfant ne vous veut aucun mal, intervient Ben d'une voix calme. Laissez-moi vous offrir un verre.

L'instant d'après, l'homme défiguré projette Luke au loin. Ce dernier s'écroule sur une table, tandis que ses agresseurs dégainent leurs blasters. Ben sort son sabre laser. Sa lame fend l'air, et il se débarrasse

de ses deux adversaires. Tout ça en une poignée de secondes !

Enfin tranquille, Ben désigne une immense créature à la fourrure touffue, un Wookie.

— Chewbacca est le copilote d'un appareil qui pourrait nous convenir, indique-t-il.

Le Wookie va s'asseoir avec eux. Ils sont bientôt rejoints par son coéquipier, Han Solo.

— Je suis le capitaine du *Faucon Millenium*, se présente le pilote. Chewie dit que vous demandez à louer un appareil pour aller sur Alderaan, c'est ça ?

— Oui, c'est cela, confirme Ben. Si cet appareil est rapide.

— Si mon appareil est rapide ? réplique Han. Vous n'avez pas entendu parler du *Faucon Millenium* ? Je vais plus vite que les engins de l'Empire !

Une fois la question du salaire réglée, Solo va préparer son vaisseau…

CHAPITRE 5

Destruction

Pendant ce temps, sur l'Étoile de la Mort, la princesse Leia a été interrogée par Dark Vador. Mais la courageuse jeune femme n'a pas avoué où se trouvait la base rebelle. Elle est conduite auprès de Tarkin, l'homme de confiance de Palpatine.

— Puisque vous refusez si noblement de nous parler, je choisis de tester les capacités de destruction de mon arme… sur votre bonne planète, déclare-t-il.

Et sous les yeux horrifiés de Leia, Tarkin donne l'ordre d'anéantir Alderaan…

Ben, Luke et les droïdes sont justement en route pour Alderaan. Le *Faucon Millenium*, piloté par Han et Chewbacca, file à la vitesse de la lumière.

Dans la soute, Luke s'entraîne avec son sabre laser à contrer les tirs d'une petite sphère volante. Mais ses mouvements manquent de souplesse.

Ben place un casque sur la tête du jeune homme, pour lui couvrir les yeux.

Luke éclate de rire.

— Mais je ne vois rien ! Comment est-ce que je peux me battre ?

— L'œil ne voit que la surface des choses, indique Ben. Ne t'y fie pas.

Luke se détend et… il sent les déplacements de la sphère ! Le petit appareil tire trois fois, et le garçon réussit à esquiver tous les tirs.

— Je suis content, se réjouit Ben.

Le vaisseau sort bientôt de l'hyperespace. Les passagers découvrent alors qu'Alderaan a été détruite !

Une alarme résonne, et Han consulte un écran. Un chasseur TIE impérial dépasse le *Faucon.*

— Regardez ! s'écrie Luke. Il se dirige vers cette petite lune, là-bas !

— Non, ce n'est pas une lune… réplique Ben. C'est une base sidérale.

Il s'agit en fait de l'Étoile de la Mort. Aussitôt après, le *Faucon* se met à trembler. Ils sont entraînés par un rayon tracteur, qui les oblige à atterrir sur la base.

Luke et ses amis ont juste le temps de se cacher…

Les soldats impériaux fouillent le *Faucon*. Sans succès. Après leur départ, Luke, Han et les autres sortent des compartiments où ils se sont cachés. Puis le groupe se sépare.

Obi-Wan part couper le rayon tracteur, qui les empêche de redécoller. Les droïdes restent près du vaisseau. De leur côté, Han, Luke et Chewie décident de sauver la princesse.

Déguisés en stormtroopers, Luke et Han font passer Chewbacca pour un prisonnier et l'escortent dans les couloirs de l'Étoile de la Mort.

Ils peuvent ainsi accéder aux cellules.

Là, Luke réussit à libérer la princesse Leia.

— Je suis Luke Skywalker, se présente-t-il. Je viens à votre secours ! J'ai votre droïde R2, et je suis avec Ben Kenobi !

CHAPITRE 6

La fuite

Alertés, des stormtroopers tentent d'arrêter les rebelles. Pour leur échapper, Han, Leia, Luke et Chewie bondissent dans un vide-ordures. Mais soudain, les parois de la pièce vibrent et commencent à se rapprocher l'une de l'autre. S'ils ne font rien, ils vont être écrasés !

— Attendez ! s'écrie Luke, en sortant son comlink, qui lui permet

de communiquer avec le vaisseau. C-3PO, tu me reçois ? C-3PO !

Au dernier moment, les parois se figent. Connecté à l'ordinateur central, R2-D2 a réussi à éteindre le compacteur de déchet. Le petit droïde vient de sauver la vie de ses amis !

Une fois sortis du vide-ordures, Han et Luke ôtent leur tenue. Mais ils tombent nez à nez avec sept stormtroopers.

— Les voilà, s'écrie leur chef. Feu à volonté !

Han tire sur les soldats qui prennent la fuite.

— Allez jusqu'au vaisseau ! crie-t-il à ses amis.

Puis, il se lance à la poursuite des stormtroopers, avec Chewie.

Luke et Leia sont pourchassés par une autre patrouille. Pour rejoindre leur vaisseau au plus vite, ils n'ont pas le choix : ils doivent franchir un puits d'aération.

Leia tire sur les stormtroopers, pendant que Luke enlève un grappin de son ceinturon. Il lance le crochet et le filin va s'enrouler autour d'un tuyau.

Leia dépose un baiser sur la joue du jeune homme.

— Bonne chance ! souffle-t-elle.

Suspendus au câble, Luke et Leia se balancent au-dessus du vide et atteignent le côté opposé.

Ils retrouvent Chewbacca et Han dans le hangar. Les deux amis ont réussi à semer les soldats ennemis. Tous ensemble, ils s'élancent vers le *Faucon*…

Au bout du couloir qui mène au hangar, Ben aperçoit une haute silhouette sombre. C'est son ancien apprenti, Anakin Skywalker, devenu Dark Vador !

— Je vous attendais, Obi-Wan, déclare le seigneur Sith. La boucle est maintenant bouclée. Quand je vous ai quitté, j'étais le disciple, maintenant, je suis le maître.

— Le maître des forces du Mal, Vador, rétorque Obi-Wan.

Tous les deux dégainent leurs sabres laser. L'heure du duel a sonné !

— Tu ne peux pas gagner, affirme le vieil homme. Si tu me terrasses, je deviendrai bien plus puissant que tu ne pourrais jamais l'imaginer.

En les voyant, Luke interrompt sa course vers le *Faucon*.

— Ben ? murmure-t-il.

Obi-Wan se tourne vers le garçon, en souriant. Puis il lève sa lame devant lui et ferme les yeux. Le sabre laser de Dark Vador fend l'air. La cape et l'arme du chevalier Jedi tombent sur le sol. Mais son corps, lui, a disparu !

Venue de nulle part, la voix de Ben s'adresse à Luke :

— Cours, Luke ! Cours !

CHAPITRE 7

La bataille

Une fois Luke et tous les autres à bord, le *Faucon* décolle et s'éloigne à toute vitesse. Mais des chasseurs TIE se lancent aussitôt à leurs trousses ! Luke manœuvre le canon laser et abat les vaisseaux.

— Ça y est ! se réjouit-il. On a gagné !

Mais l'Étoile de la Mort suit le *Faucon* jusqu'à la base rebelle, sur

Yavin 4. C'est la guerre ! Les Impériaux sont prêts à faire exploser la planète. Pendant ce temps, les rebelles cherchent un moyen de détruire la station ennemie.

— Un petit appareil doit pouvoir s'infiltrer à travers les défenses extérieures, explique le général Dodonna. Les plans rapportés par la princesse Leia nous ont révélé une faille.

La faille en question est la bouche d'entrée d'un conduit de refroidissement. Les pilotes rebelles savent ce qu'il leur reste à faire. Luke propose de les aider, et quelques minutes plus tard, il monte à bord d'un Aile-X. De son côté, Han Solo doit repartir sur Tatooine.

Pendant que Luke survole en rase-mottes l'Étoile de la Mort,

la voix de Ben résonne à nouveau dans sa tête :

— Luke, fie-toi à ton intuition.

Dans les airs, la bataille fait rage ! Avec deux autres vaisseaux rebelles, le jeune homme plonge sur l'Étoile de la Mort, en ouvrant le feu.

Mais trois appareils impériaux les prennent en chasse. L'un d'eux est piloté par… Dark Vador lui-même !

Chacun leur tour, les vaisseaux rebelles sont touchés. Il ne reste bientôt plus que celui de Luke.

Au même instant, il entend la voix de Ben :

— Luke, fais appel à la Force !

Le temps semble alors ralentir autour du jeune homme. Il reste conscient de la présence de ses poursuivants, mais il n'a plus peur.

Vador sent que quelque chose a changé.

— C'est à croire qu'il est protégé par la Force ! devine-t-il.

Tandis que des soldats préparent le superlaser de l'Étoile de la Mort, il parvient à avoir l'Aile-X de Luke dans son viseur.

Mais tout à coup, un rayon laser jaillit de l'espace et frappe l'un des chasseurs.

— Quoi ? s'écrie Vador, stupéfait. C'est le *Faucon Millenium* ! Han est revenu !

L'un des vaisseaux impériaux percute le chasseur du seigneur Sith.

Devenu incontrôlable, l'appareil de Vador s'éloigne, en tourbillonnant dans l'espace...

Luke lève les yeux et sourit. Puis il se concentre sur la bouche d'entrée.

— Luke, aie confiance en moi, lui conseille la voix de Ben.

Alors, le jeune homme fait feu. Et l'Étoile de la Mort explose !

— Bien joué, p'tit gars, le félicite Han dans son système comm. Tu as visé droit dans le mille !

Luke pousse un long soupir de soulagement.

— Souviens-toi, Luke, lui murmure Ben. La Force est avec toi… à tout jamais !

Plus tard, sur Yavin 4, des centaines de rebelles en uniforme se tiennent au garde-à-vous. Luke et Han s'inclinent. Puis la princesse Leia passe des médailles autour de leur cou.

La guerre contre l'Empire est loin d'être gagnée. Mais un nouvel espoir vient de naître !

Fin

As-tu lu les premiers épisodes de la saga *Star Wars* ?

Épisode 1 :
La menace fantôme

Épisode 2 :
L'attaque des clones

Épisode 3 :
La revanche des Sith

Pour tout connaître sur ta série préférée, va sur le site :

www.bibliotheque-verte.com

TABLE

hachette s'engage pour l'environnement en réduisant l'empreinte carbone de ses livres. Celle de cet exemplaire est de :
300g éq. CO_2
Rendez-vous sur www.hachette-durable.fr

PAPIER À BASE DE FIBRES CERTIFIÉES

Photogravure Nord Compo - Villeneuve-d'Ascq

Imprimé en Roumanie par G. Canale & C. S.A.
Dépôt légal : août 2017
Achevé d'imprimer : juillet 2017
63.5723.4/01 – ISBN 978-2-01-626578-9
Loi n° 49956 du 16 juillet 1949
sur les publications destinées à la jeunesse